SOPA DE LIBROS

© Del texto: Eduardo Galeano, 2002
© De las ilustraciones: Elisa Arguilé, 2002
© De esta edición: Grupo Anaya, S. A., 2002
Juan Ignacio Luca de Tena, 15. 28027 Madrid
www.anayainfantilyjuvenil.com
e-mail: anayainfantilyjuvenil@anaya.es

1.ª edición, octubre 2002
8.ª edición, abril 2015

Diseño: Manuel Estrada

ISBN: 978-84-667-1709-0
Depósito legal: M-44212-2011

Impreso en España - Printed in Spain

Galeano, Eduardo
Mitos (de *Memoria del fuego*)/ Eduardo Galeano ; ilustraciones
de Elisa Arguilé. — Madrid : Anaya, 2002
80 p. : il. col. ; 20 cm. — (Sopa de Libros ; 79)
ISBN 978-84-667-1709-0
1. Cuentos. 2. Mitos latinoamericanos. I. Arguilé, Elisa, il.
087.5:82-3

Mitos
de *Memoria del fuego*

Eduardo Galeano

Mitos
de *Memoria del fuego*

Ilustraciones
de Elisa Arguilé

ANAYA

UMBRAL

Los textos que siguen forman parte de un libro, el primer volumen de Memoria del fuego. *Yo no escribí esa trilogía solamente para los lectores adultos de las Américas. Quise contar historias, las historias de la historia americana, al oído de quien tuviera ganas de escucharlas, a cualquier edad y en cualquier lugar.*

Los libros no creen en la edad. Según ellos, su propia edad, la edad de los libros, es un detalle que carece de importancia, y tampoco les importa ni un poquito la edad de los lectores.

Pero yo quiero confesar, y mi libro también, que nos da alegría ir al encuentro de los jóvenes más jóvenes, acompa-

ñados por las espléndidas imágenes que ilustran esta selección de los mitos indígenas.

Eduardo GALEANO.

LA CREACIÓN

La mujer y el hombre soñaban que Dios los estaba soñando.

Dios los soñaba mientras cantaba y agitaba sus maracas, envuelto en humo de tabaco, y se sentía feliz y también estremecido por la duda y el misterio.

Los indios makiritare saben que si Dios sueña con comida, fructifica y da de comer. Si Dios sueña con la vida, nace y da nacimiento.

La mujer y el hombre soñaban que en el sueño de Dios aparecía un gran huevo brillante. Dentro del huevo, ellos cantaban y bailaban y armaban mucho alboroto, porque estaban locos de ganas de nacer. Soñaban que en el sueño de Dios la alegría era más fuerte que la duda y el misterio; y Dios, soñando, los creaba, y cantando decía:

—Rompo este huevo y nace la mujer y nace el hombre. Y juntos vivirán y morirán. Pero nacerán nuevamente. Nacerán y volverán a morir y otra vez nacerán. Y nunca dejarán de nacer, porque la muerte es mentira.

EL TIEMPO

El tiempo de los mayas nació y tuvo nombre cuando no existía el cielo ni había despertado todavía la tierra.

Los días partieron del oriente y se echaron a caminar.

El primer día sacó de sus entrañas al cielo y a la tierra.

El segundo día hizo la escalera por donde baja la lluvia.

Obras del tercero fueron los ciclos de la mar y de la tierra y la muchedumbre de las cosas.

Por voluntad del cuarto día, la tierra y el cielo se inclinaron y pudieron encontrarse.

El quinto día decidió que todos trabajaran.

Del sexto salió la primera luz.

En los lugares donde no había nada, el séptimo día puso tierra. El octavo clavó en la tierra sus manos y sus pies.

El noveno día creó los mundos inferiores. El décimo día destinó los mundos inferiores a quienes tienen veneno en el alma.

Dentro del sol, el undécimo día modeló la piedra y el árbol.

Fue el duodécimo quien hizo el viento. Sopló viento y lo llamó espíritu, porque no había muerte dentro de él.

El decimotercer día mojó la tierra y con barro amasó un cuerpo como el nuestro.

Así se recuerda en Yucatán.

LAS NUBES

Nube dejó caer una gota de lluvia sobre el cuerpo de una mujer. A los nueve meses, ella tuvo mellizos.

Cuando crecieron, quisieron saber quién era su padre.

—Mañana por la mañana —dijo ella—, miren hacia el oriente. Allá lo verán, erguido en el cielo como una torre.

A través de la tierra y del cielo, los mellizos caminaron en busca de su padre.

Nube desconfió y exigió:

—Demuestren que son mis hijos.

Uno de los mellizos envió a la tierra un relámpago. El otro, un trueno. Como Nube todavía dudaba, atravesaron una inundación y salieron intactos.

Entonces Nube les hizo un lugar a su lado, entre sus muchos hermanos y sobrinos.

LA LLUVIA

En la región de los grandes lagos del norte, una niña descubrió de pronto que estaba viva. El asombro del mundo le abrió los ojos y partió a la ventura.

Persiguiendo las huellas de los cazadores y los leñadores de la nación menomini, llegó a una gran cabaña de troncos. Allí vivían diez hermanos, los pájaros del trueno, que le ofrecieron abrigo y comida.

Una mala mañana, mientras la niña recogía agua del manantial, una serpiente peluda la atrapó y se la llevó a las profundidades de una montaña de roca. Las serpientes estaban a punto de devorarla cuando la niña cantó.

Desde muy lejos, los pájaros del trueno escucharon el llamado. Atacaron con el rayo la montaña rocosa, rescataron a la prisionera y mataron a las serpientes.

Los pájaros del trueno dejaron a la niña en la horqueta de un árbol.

—Aquí vivirás —le dijeron—. Vendremos cada vez que cantes.

Cuando llama la ranita verde desde el árbol, acuden los truenos y llueve sobre el mundo.

EL DÍA

El cuervo, que reina ahora desde lo alto del tótem de la nación haida, era nieto del gran jefe divino que hizo al mundo.

Cuando el cuervo lloró pidiendo la luna, que colgaba de la pared de troncos, el abuelo se la entregó. El cuervo la lanzó al cielo, por el agujero de la chimenea; y nuevamente se echó a llorar, reclamando las estrellas. Cuando las consiguió, las diseminó alrededor de la luna.

Entonces lloró y pataleó y chilló hasta que el abuelo le entregó la caja de madera labrada donde guardaba la luz del día. El gran jefe divino le prohibió que sacara esa caja de la casa. Él había

decidido que el mundo viviera a oscuras.

El cuervo jugueteaba con la caja, haciéndose el distraído, y con el rabillo del ojo espiaba a los guardianes que lo estaban vigilando.

Aprovechando un descuido, huyó con la caja en el pico. La punta del pico se le partió al pasar por la chimenea y se le quemaron las plumas, que quedaron negras para siempre.

Llegó el cuervo a las islas de la costa del Canadá. Escuchó voces humanas y pidió comida. Se la negaron. Amenazó con romper la caja de madera:

—Si se escapa el día, que tengo aquí guardado, jamás se apagará el cielo —advirtió—. Nadie podrá dormir, ni guardar secretos, y se sabrá quién es gente, quién es pájaro y quién bestia del bosque.

Se rieron. El cuervo rompió la caja y estalló la luz en el universo.

LA NOCHE

El sol nunca cesaba de alumbrar y los indios cashinahua no conocían la dulzura del descanso.

Muy necesitados de paz, exhaustos de tanta luz, pidieron prestada la noche al ratón.

Se hizo oscuro, pero la noche del ratón alcanzó apenas para comer y fumar un rato frente al fuego. El amanecer llegó no bien los indios se acomodaron en las hamacas.

Probaron entonces la noche del tapir. Con la noche del tapir, pudieron dormir a pierna suelta y disfrutaron el largo sueño tan esperado. Pero cuando despertaron, había pasado tanto tiempo que las

malezas del monte habían invadido sus cultivos y aplastado sus casas.

Después de mucho buscar, se quedaron con la noche del tatú. Se la pidieron prestada y no se la devolvieron jamás.

El tatú, despojado de la noche, duerme durante el día.

Los ríos y la mar

No había agua en la selva de los chocoes. Dios supo que la hormiga tenía, y se la pidió. Ella no quiso escucharlo. Dios le apretó la cintura, que quedó finita para siempre, y la hormiga echó el agua que guardaba en el buche.

—Ahora me dirás de dónde la sacaste.

La hormiga condujo a Dios hacia un árbol que no tenía nada de raro.

Cuatro días y cuatro noches estuvieron trabajando las ranas y los hombres, a golpes de hacha, pero el árbol no caía del todo. Una liana impedía que tocara la tierra.

Dios mandó al tucán:

—Córtala.

El tucán no pudo, y por eso fue condenado a comer los frutos enteros.

El guacamayo cortó la liana, con su
pico duro y afilado.

Cuando el árbol del agua se desplomó,
del tronco nació la mar y de las ramas,
los ríos.

Toda el agua era dulce. Fue el Diablo
quien anduvo echando puñados de sal.

LAS MAREAS

Antes, los vientos soplaban sin cesar sobre la isla de Vancouver. No existía el buen tiempo ni había marea baja.

Los hombres decidieron matar a los vientos.

Enviaron espías. El mirlo de invierno fracasó; y también la sardina. A pesar de su mala vista y sus brazos rotos, fue la gaviota quien pudo eludir a los huracanes que montaban guardia ante la casa de los vientos.

Los hombres mandaron entonces un ejército de peces, que la gaviota condujo. Los peces se echaron junto a la puerta. Al salir, los vientos los pisaron, resbalaron y cayeron, uno tras otro, sobre la

raya, que los ensartó con la cola y los devoró.

El viento del oeste fue atrapado con vida. Prisionero de los hombres, prometió que no soplaría continuamente, que habría aire suave y brisas ligeras y que las aguas dejarían la orilla un par de veces por día, para que se pudiese pescar moluscos en la bajamar. Le perdonaron la vida.

El viento del oeste ha cumplido su palabra.

LA SELVA

En medio de un sueño, el Padre de los indios uitotos vislumbró una neblina fulgurante. En aquellos vapores palpitaban musgos y líquenes y resonaban silbidos de vientos, pájaros y serpientes.

El Padre pudo atrapar la neblina y la retuvo con el hilo de su aliento. La sacó del sueño y la mezcló con tierra.

Escupió varias veces sobre la tierra neblinosa. En el torbellino de espuma se alzó la selva, desplegaron los árboles sus copas enormes y brotaron las frutas y las flores. Cobraron cuerpo y voz, en la tierra empapada, el grillo, el mono, el tapir, el jabalí, el tatú, el ciervo, el jaguar y el oso hormiguero. Surgieron en el aire el águila real, el guacamayo, el buitre, el colibrí, la garza blanca, el pato, el murciélago...

La avispa llegó con mucho ímpetu. Dejó sin rabo a los sapos y a los hombres y después se cansó.

EL GUAYACÁN

Andaba en busca de agua una muchacha del pueblo de los nivakle, cuando se encontró con un árbol fornido, Nasuk, el guayacán, y se sintió llamada. Se abrazó a su firme tronco, apretándose con todo el cuerpo, y clavó sus uñas en la corteza. El árbol sangró. Al despedirse, ella dijo:

—¡Cómo quisiera, Nasuk, que fueras hombre!

Y el guayacán se hizo hombre y fue a buscarla. Cuando la encontró, le mostró la espalda arañada y se tendió a su lado.

LOS COLORES

Eran blancas las plumas de los pájaros y blanca la piel de los animales.

Azules son, ahora, los que se bañaron en un lago donde no desembocaba ningún río, ni ningún río nacía. Rojos, los que se sumergieron en el lago de la sangre derramada por un niño de la tribu kadiueu. Tienen el color de la tierra los que se revolcaron en el barro, y el de la ceniza los que buscaron calor en los fogones apagados. Verdes son los que frotaron sus cuerpos en el follaje y blancos los que se quedaron quietos.

EL CUERVO

Estaban secos los lagos y vacíos los cauces de los ríos. Los indios takelma, muertos de sed, enviaron al cuervo y a la corneja en busca de agua.

El cuervo se cansó enseguida. Meó en un cuenco y dijo que esa era el agua que traía de una lejana comarca.

La corneja, en cambio, continuó volando. Regresó mucho después, cargada de agua fresca, y salvó de la sequía al pueblo de los takelma.

En castigo, el cuervo fue condenado a sufrir sed durante los veranos. Como no puede mojarse el gaznate, habla con voz muy ronca mientras duran los calores.

EL JAGUAR

Andaba el jaguar cazando, armado de arco y flechas, cuando encontró una sombra. Quiso atraparla y no pudo. Alzó la cabeza. El dueño de la sombra era el joven Botoque, de la tribu kayapó, casi muerto de hambre en lo alto de una roca.

Botoque no tenía fuerzas para moverse y apenas si pudo balbucear unas palabras. El jaguar bajó el arco y lo invitó a comer carne asada en su casa. Aunque el muchacho no sabía lo que significaba la plabra «asada», aceptó el convite y se dejó caer sobre el lomo del cazador.

—Traes el hijo de otro —reprochó la mujer.

—Ahora es mi hijo —dijo el jaguar.

Botoque vio el fuego por primera vez. Conoció el horno de piedra y el sabor de la carne asada de tapir y venado. Supo que el fuego ilumina y calienta. El jaguar le regaló un arco y flechas y le enseñó a defenderse.

Un día, Botoque huyó. Había matado a la mujer del jaguar.

Largo tiempo corrió, desesperado, y no se detuvo hasta llegar a su pueblo. Allí contó su historia y mostró los secretos: el arma nueva y la carne asada. Los kayapó decidieron apoderarse del fuego y de las armas y él los condujo a la casa remota.

Desde entonces, el jaguar odia a los hombres. Del fuego, no le quedó más que el reflejo que brilla en sus pupilas. Para cazar, solo cuenta con los colmillos y las garras, y come cruda la carne de sus víctimas.

El oso

Los animales del día y los animales de la noche se reunieron para decidir qué harían con el sol, que por entonces llegaba y se iba cuando quería. Los animales resolvieron dejar el asunto en manos del azar. El bando que venciera en el juego de las adivinanzas decidiría cuánto tiempo habría de durar, en lo sucesivo, la luz del sol sobre el mundo.

Estaban en eso cuando el sol, intrigado, se aproximó. Tanto se acercó el sol que los animales de la noche tuvieron que huir a la disparada.

El oso fue víctima de la urgencia. Metió su pie derecho en el mocasín izquierdo y el pie izquierdo en el mocasín dere-

cho. Así salió corriendo, y corrió como
pudo.

Según los indios comanches, desde entonces el oso camina hamacándose.

EL TATÚ

Se anunció una gran fiesta en el lago Titicaca y el tatú, que era bicho muy principal, quiso deslumbrar a todos.

Con mucha anticipación, se puso a tejer la fina trama de un manto tan elegante que iba a ser un escándalo.

El zorro lo vio trabajando y metió la nariz:

—¿Estás de mal humor?

—No me distraigas. Estoy ocupado.

—¿Para qué es eso?

El tatú explicó.

—¡Ah! —dijo el zorro, paladeando palabras—. ¿Para la fiesta de esta noche?

—¿Cómo que esta noche?

Al tatú se le vino el alma a los pies.

Nunca había sido muy certero en el cálculo del tiempo.

—¡Y yo con mi manto a medio hacer!

Mientras el zorro se alejaba riéndose entre dientes, el tatú terminó su abrigo a los apurones. Como el tiempo volaba, no pudo continuar con la misma delicadeza. Tuvo que utilizar nudos más gruesos y la trama, a todo tejer, quedó más extendida.

Por eso el caparazón del tatú es de urdimbre apretada en el cuello y muy abierta en la espalda.

EL CONEJO

El conejo quería crecer.

Dios le prometió que lo aumentaría de tamaño si le traía una piel de tigre, una de mono, una de lagarto y una de serpiente.

El conejo fue a visitar al tigre.

—Dios me ha contado un secreto —comentó, confidencial.

El tigre quiso saber y el conejo anunció un huracán que se venía.

—Yo me salvaré, porque soy pequeño. Me esconderé en algún agujero. Pero tú, ¿qué harás? El huracán no te va a perdonar.

Una lágrima rodó por entre los bigotes del tigre.

—Solo se me ocurre una manera de

salvarte —ofreció el conejo—. Buscaremos un árbol de tronco muy fuerte. Yo te ataré al tronco por el cuello y por las manos y el huracán no te llevará.

Agradecido, el tigre se dejó atar. Entonces el conejo lo mató de un garrotazo y lo desnudó.

Y siguió camino, bosque adentro, por la comarca de los zapotecas.

Se detuvo bajo un árbol donde un mono estaba comiendo. Tomando un cuchillo del lado que no tiene filo, el conejo se puso a golpearse el cuello. A cada golpe, una carcajada. Después de mucho golpearse y reírse, dejó el cuchillo en el suelo y se retiró brincando.

Se escondió entre las ramas, al acecho. El mono no demoró en bajar. Miró esa cosa que hacía reír y se rascó la cabeza. Agarró el cuchillo y al primer golpe cayó degollado.

Faltaban dos pieles. El conejo invitó al lagarto a jugar a la pelota. La pelota era de piedra: lo golpeó en el nacimiento de la cola y lo dejó tumbado.

Cerca de la serpiente, el conejo se hizo el dormido. Antes de que ella saltara, cuando estaba tomando impulso, de un santiamén le clavó las uñas en los ojos.

Llegó al cielo con las cuatro pieles.

—Ahora, créceme —exigió.

Y Dios pensó: «Siendo tan pequeñito, el conejo hizo lo que hizo. Si lo aumento de tamaño, ¿qué no hará? Si el conejo fuera grande, quizás yo no sería Dios.»

El conejo esperaba. Dios se acercó dulcemente, le acarició el lomo y de golpe le atrapó las orejas, lo revoleó y lo arrojó a la tierra.

De aquella vez quedaron largas las orejas del conejo, cortas las patas delanteras, que extendió para parar la caída, y colorados los ojos, por el pánico.

EL MURCIÉLAGO

Cuando era el tiempo muy niño todavía, no había en el mundo bicho más feo que el murciélago.

El murciélago subió al cielo en busca de Dios. No le dijo:

—Estoy harto de ser horroroso. Dame plumas de colores.

No. Le dijo:

—Dame plumas, por favor, que me muero de frío.

A Dios no le había sobrado ninguna pluma.

—Cada ave te dará una pluma —decidió.

Así obtuvo el murciélago la pluma blanca de la paloma y la verde del papagayo, la tornasolada pluma del colibrí y la rosada del flamenco, la roja del panacho del cardenal y la pluma azul de la espalda del martín pescador, la pluma de arcilla del ala del águila y la pluma del sol que arde en el pecho del tucán.

El murciélago, frondoso de colores y suavidades, paseaba entre la tierra y las nubes. Por donde iba, quedaba alegre el aire y las aves mudas de admiración. Di-

cen los pueblos zapotecas que el arcoiris nació del eco de su vuelo.

La vanidad le hinchó el pecho. Miraba con desdén y comentaba ofendiendo.

Se reunieron las aves. Juntas volaron hacia Dios.

—El murciélago se burla de nosotras —se quejaron—. Y además, sentimos frío por las plumas que nos faltan.

Al día siguiente, cuando el murciélago agitó las alas en pleno vuelo, quedó súbitamente desnudo. Una lluvia de plumas cayó sobre la tierra.

Él anda buscándolas todavía. Ciego y feo, enemigo de la luz, vive escondido en las cuevas. Sale a perseguir las plumas perdidas cuando ha caído la noche; y vuela muy veloz, sin detenerse nunca, porque le da vergüenza que lo vean.

LA YERBA MATE

La luna se moría de ganas de pisar la tierra. Quería probar las frutas y bañarse en algún río.

Gracias a las nubes, pudo bajar. Desde la puesta del sol hasta el alba, las nubes cubrieron el cielo para que nadie advirtiera que la luna faltaba.

Fue una maravilla la noche en la tierra. La luna paseó por la selva del alto Paraná, conoció misteriosos aromas y sabores y nadó largamente en el río. Un viejo labrador la salvó dos veces. Cuando el jaguar iba a clavar sus dientes en el cuello de la luna, el viejo degolló a la fiera con su cuchillo; y cuando la luna tuvo hambre, la llevó a su casa. «Te ofrecemos nuestra pobreza», dijo la mujer del labrador, y le dio unas tortillas de maíz.

A la noche siguiente, desde el cielo, la luna se asomó a la casa de sus amigos. El viejo labrador había construido su choza en un claro de la selva, muy lejos de las aldeas. Allí vivía, como en un exilio, con su mujer y su hija.

La luna descubrió que en aquella casa no quedaba nada que comer. Para ella habían sido las últimas tortillas de maíz. Entonces iluminó el lugar con la mejor de sus luces y pidió a las nubes que dejasen caer, alrededor de la choza, una llovizna muy especial.

Al amanecer, en esa tierra habían brotado unos árboles desconocidos. Entre el verde oscuro de las hojas, asomaban las flores blancas.

Jamás murió la hija del viejo labrador. Ella es la dueña de la yerba mate y anda por el mundo ofreciéndola a los demás. La yerba mate despierta a los dormidos, corrige a los haraganes y hace hermanas a las gentes que no se conocen.

LA RISA

El murciélago, colgado de la rama por los pies, vio que un guerrero kayapó se inclinaba sobre el manantial.

Quiso ser su amigo.

Se dejó caer sobre el guerrero y lo abrazó. Como no conocía el idioma de los kayapó, le habló con las manos. Las caricias del murciélago arrancaron al hombre la primera carcajada. Cuanto más se reía, más débil se sentía. Tanto se rió, que al fin perdió todas sus fuerzas y cayó desmayado.

Cuando se supo en la aldea, hubo furia. Los guerreros quemaron un montón de hojas secas en la gruta de los murciélagos y cerraron la entrada.

Después, discutieron. Los guerreros resolvieron que la risa fuera usada solamente por las mujeres y los niños.

LA AUTORIDAD

En épocas remotas, las mujeres se sentaban en la proa de la canoa y los hombres en la popa. Eran las mujeres quienes cazaban y pescaban. Ellas salían de las aldeas y volvían cuando podían o querían. Los hombres montaban las chozas, preparaban la comida, mantenían encendidas las fogatas contra el frío, cuidaban a los hijos y curtían las pieles de abrigo.

Así era la vida entre los indios onas y los yaganes, en la Tierra del Fuego, hasta que un día los hombres mataron a todas las mujeres y se pusieron las máscaras que las mujeres habían inventado para darles terror.

Solamente las niñas recién nacidas se salvaron del exterminio. Mientras ellas crecían, los asesinos les decían y les repetían que servir a los hombres era su destino. Ellas lo creyeron. También lo creyeron sus hijas y las hijas de sus hijas.

LA TELARAÑA

Bebeagua, sacerdote de los sioux, soñó que seres jamás vistos tejían una inmensa telaraña alrededor de su pueblo. Despertó sabiendo que así sería, y dijo a los suyos: *Cuando esa extraña raza termine su telaraña, nos encerrarán en casas grises y cuadradas, sobre tierra estéril, y en esas casas moriremos de hambre.*

Las fuentes

A continuación se señalan las principales obras que el autor ha consultado, para cada texto, en busca de información y marcos de referencia.

La creación
CIVRIEUX, M. DE: *Watunna. Mitología makiritare.* Caracas, Monte Ávila, 1970.

El tiempo
SODI, D.: *La literatura de los mayas.* México, Mortiz, 1964.

Las nubes
PÉRET, B.: *Anthologie des mythes, légendes et contes populaires d'Amérique.* París, Albin Michel, 1960.

La lluvia
LÉVI-STRAUSS, C.: *El origen de las maneras de mesa (Mitológicas, III).* México, Siglo XXI, 1976.

El día
GRIDLEY, M. E.:*The story of the Haida.* Nueva York, Putnam's, 1972.

La noche

D'ANS, A.M.: *La verdadera Biblia de los cashinahua*. Lima, Mosca Azul, 1975.

Los ríos y la mar

PÉRET, B.: *Anthologie des mythes, légendes et contes populaires d'Amérique*. París, Albin Michel, 1960.

Las mareas

LÉVI-STRAUSS, C.: *El hombre desnudo (Mitológicas, IV)*. México, Siglo XXI, 1976.

La selva

PÉRET, B.: *Anthologie des mythes, légendes et contes populaires d'Amérique*. París, Albin Michel, 1960.

El guayacán

ROA BASTOS, A.(comp.): *Las culturas condenadas. México, Siglo XXI, 1978.*

Los colores

PÉRET, B.: *Anthologie des mythes, légendes et contes populaires d'Amérique*. París, Albin Michel, 1960.

El cuervo

LÉVI-STRAUSS, C.: *El hombre desnudo (Mitológicas, IV)*. México, Siglo XXI, 1976.

El jaguar

LÉVI-STRAUSS, C.: *Lo crudo y lo cocido (Mitológicas, I)*.México, FCE, 1978.

El oso

MARRIOTT, A.; RACHLIN C. K.: *American Indian mythology*. Nueva York, Apollo, 1968.

El tatú

PÉRET, B.: *Anthologie des mythes, légendes et contes populaires d'Amérique*. París, Albin Michel, 1960.

El conejo

HENESTROSA, A.: *Los hombres que dispersó la danza*. La Habana, Casa de las Américas, 1980.

El murciélago

HENESTROSA, A.: *Los hombres que dispersó la danza*. La Habana, Casa de las Américas, 1980.

La yerba mate

GRANADA, D.: *Supersticiones del río de la Plata*. Buenos Aires, Guillermo Kraft, 1947.
MORALES, E.: *Leyendas guaraníes*. Buenos Aires, El Ateneo, 1929.

La risa

LÉVI-STRAUSS, C.: *Lo crudo y lo cocido (Mitológicas, I)*. México, FCE, 1978.

La autoridad

HARRIS, O.; YOUNG, K.: (Recopilación) *Antropología y feminismo*. Barcelona, Anagrama, 1979.
PLATH, O.: *Geografía del mito y la leyenda chilenos*. Santiago de Chile, Nascimento, 1973.

La telaraña

NABOCOV, P.: (Selección) *Native American Testimony*. Nueva York, Harper and Row, 1978.

Índice

Escribieron y dibujaron…

Eduardo Galeano

—Nació en Montevideo en 1940. Tras el exilio, en 1985 regresó a Uruguay. ¿Cómo surgió la idea de aunar en un mismo relato el mito y el cuento?

—Estos breves cuentos, que cuentan mitos, forman parte de *Memoria del fuego.* Yo quería ofrecer a los lectores una visión de las Américas tal como eran antes de la conquista europea. Pero la documentación histórica sobre el llamado período pre-colombino es escasa y dudosa: casi todo fue quemado por los invasores. Recurrí, entonces, a los mitos indígenas de fundación, que son muy decidores del alma americana original. Esos mitos han sobrevivido, milagrosamente, a cinco siglos de silencio obligatorio. Son obras de creación colectiva, de rara belleza, que han perpetuado la memoria prohibida. Convertí esos mitos en cuentos. Trabajé libremente. El amor y el respeto evitaron la traición.

—*¿Qué lecturas de su infancia recuerda?*

—Yo, de niño, leía las aventuras de Emilio Salgari, los cuentos de Horacio Quiroga y los entrañables relatos de Monteiro Lobato. Quizá sospechaba, desde temprano, que en la literatura infantil de los tiempos de mi infancia había mucho de terrorismo, para imponer a los niños el miedo a la libertad, y que se faltaba el respeto a los lectores, como si fueran tontos de tamaño reducido.

—*Su primer libro para niños es* La piedra arde, *¿se ha planteado publicar para ellos?*

—Hace años publiqué *Aventuras de los jóvenes dioses,* basado en algunas historias del Popolvuh. Pero después, ya no reincidí. Y no porque yo escriba para el público «adulto»: en realidad, quisiera escribir para todos, sin hacer caso a las partidas de nacimiento. Dicho de otro modo: escribo para los niños de todas las edades, desde la temprana infancia hasta la vejez viruela, desde la cuna hasta la tumba. Lectores sin capacidad de asombro y sin capacidad de magia, absténganse.

Elisa
Arguilé

—*Nació en Zaragoza en 1972. Estudió Bellas Artes en Madrid. Forma «pareja artística» con Daniel Nesquens, con tres títulos publicados en esta editorial. Su dedicación a la ilustración de libros infantiles es relativamente reciente. ¿Cómo fueron sus comienzos en este campo?*

—Mi primer contacto con la ilustración tuvo lugar en un taller de xilografía. El grabado está estrechamente relacionado con la ilustración y con los libros, y pensé en la ilustración como una posibilidad de trabajo muy atractiva. A partir de entonces, me empeñé en aprender a dibujar, me cargué de dibujos y de paciencia, y marché a recorrer el mundo editorial. Pero de esto hace ya bastantes años, y todavía estoy en mis comienzos.

—*¿Hay algún aspecto de esta obra que quieras destacar, o que te haya llamado especialmente la atención?*

—Me ha sorprendido la preocupación, mucho más acusada que en trabajos anteriores, por encontrar el dibujo apropiado, ese que me pide el texto. Y me ha sorprendido, precisamente, por que se trata de un libro en principio fácil de ilustrar, rico y grato para el ilustrador.

—*¿Cómo te has planteado la ilustración de unos cuentos sobre los mitos indígenas, tan alejados de nuestra cultura, para que resulten atractivos a los lectores infantiles?*

—Me lo he planteado como el resto de mi trabajo. Yo leo y espero que el texto me diga. A partir de ahí, busco ese algo que me remite al texto. No importa que estas mitologías pertenezcan a una cultura alejada de la nuestra. La mitología es el principio de la literatura y la literatura nunca te hace sentir lejos. Leer es un acto de aproximación, de comprensión. Ilustrar es buscar una conexión, en este caso, la he buscado desde mi punto de vista de espectadora del siglo XXI.

SOPA DE LIBROS

A PARTIR DE 8 AÑOS

MI PRIMER LIBRO DE POEMAS
(n.º 1)
J. R. Jiménez, F. García Lorca y R. Alberti

LA SIRENA EN LA LATA DE SARDINAS
(n.º 7)
Gudrun Pausewang

LOS TRASPIÉS DE ALICIA PAF
(n.º 13)
Gianni Rodari

CUENTOS PARA TODO EL AÑO
(n.º 18)
Carles Cano

MARINA Y CABALLITO DE MAR
(n.º 24)
Olga Xirinacs

CHARLY, EL RATÓN CAZAGATOS
(n.º 25)
Gerd Fuchs